글나무 시선 07

나는 명태입니다

글나무 시선 07
나는 명태입니다

저 자 | 이병화
발행자 | 오혜정
펴낸곳 | 글나무
주 소 | 서울시 은평구 진관2로 12, 912호(메이플카운티2차)
전 화 | 02)2272-6006
등 록 | 1988년 9월 9일(제301-1988-095)

2023년 9월 5일 초판 인쇄 · 발행

ISBN 979-11-87716-86-0 03810

값 10,000원

나는 명태입니다

이병화 제2시집

산책을 하다가 길섶의 작은 풀꽃과 눈이 맞았습니다.
사람이 거들지 않아도 햇빛과 구름, 바람이 이끄는 대로
살아가는 풀꽃, 그 작은 생명을 통해 바라본 세상은
참 신비롭고 아름다웠습니다.
도시에서 앞만 보고 뛰다가 나무와 들새,
애기똥풀 곁으로 돌아오는 길은 멀고 아득했습니다.
남은 삶은 자연 속에서 만난 생명들과 새 이웃들과
나란히 살고 싶습니다.
사랑으로 생명을 가꾸고 다듬어 가는 일,
송두리째 내 몫이 되었습니다.

이른 아침,
밭둑에서 민들레 씨방을 흔들어 놓고 와서

차례

2부 예스와 노, 사이에서

4부 실면도 하는 여자

차
례

1부

가시라는 옷

쥐구멍

왼쪽 어금니는 진즉부터 무너지고 있었다 몸의 기둥을
뿌리째 흔들어 대면서 발치에 대한 악몽으로 금광에 잡소
리 난 지는 꽤 됐으나, 이 악물고 버텨 오다가 마침내 썩은
나무 밑동 파내듯 뽑힌 어금니를 보니 앓던 이 빠진 시원함
보단 왠지 상실감이 더 크다 수십 년 동안 한 자리에서 더
자라지도 않은 딱 그만한 크기로 군소리 없이 할 일 다 하
고 떠나는 퇴역 장군 어금니에게 감사패라도 주고프다 든
자리는 몰라도 난 자리는 안다고 달랑 어금니 한 개 없을
뿐인데 갸우뚱해진 내 몸, 얼얼한 볼따구니 안으로 휑한 어
금니 자리가 쥐구멍만큼이나 크게 느껴진다 시도 때도 없
이 금붙이 찾으러 쥐구멍을 타고 노는 세 치 혀와 헛바늘
사이로 바람도 새고 말도 샌다

데칼코마니

1

신발을 신으면 오른쪽이 좀 남는다 발이 언제부터 짝이
다른지 모르겠다 오른쪽 손등을 덮는 재킷은 어린 날 깁스
를 자주 해서 그렇다고, 오른쪽 발등을 덮는 것은 꽈배기 다
리 습관 때문에 골반이 틀어져서 그런 것이라고, 남편은 말
한다 요즘 반대편 다리를 꼬고 앉으며 중심을 찾아보려고
몸부림치는데, 몸은 자꾸 이전의 방향을 기웃거린다 눈이
작은 왼쪽 눈꺼풀에 아이라인을 조금 더 두껍게 그리고 길
이와 모양이 서로 다른 눈썹화장은 시간을 꽤 잡아먹는 편
이다 오른쪽 턱을 괴는 좋잖은 버릇이 있어 얼굴 라인도 왼
쪽으로 약간 쏠린 편이다 그나마 화장으로 커버할 수 있어
다행이나 가끔은 성형외과 문을 두드리고 싶을 때도 있다
여러 가지 이유로 내 얼굴의 데칼코마니는 사실상 불가능
하다

2

두 아들에게 한쪽 젖만 물려서 가슴도 짝이 다르다 언젠
가 왼팔 수술을 하고 나서 어깨가 왼쪽으로 기울더니 가방
이 자꾸만 흘러내린다 남의 눈에 잘 보이지 않아도 내 눈에

는 선명하게 읽힌다 지구의 자전축 기울기보다는 못해도 하찮은 버릇이 긴 시간 동안 만든 내 몸의 기울기는 10.5도 정도는 되잖을까 훨씬 못나고 부실하기 짝이 없지만 더 많이 부지런을 떨고 있는 내 몸의 오른쪽, 짝짝이가 된 사연도 핑계도 구구절절 많다 그래도 선산은 산목(散木)*이 지킨다고 지금까지 제자리서 맡은 일보다 더 많은 몫을 감당하고 있는 내 오른쪽에게 박수를 보낸다

* 산목(散木) : 쓸모없는 것으로 보이는 것이 오히려 큰 가치를 지니고 있다는 것이다.

여름밤 오케스트라

아파트 단지에 음악회가 열렸다

관객은 딴청 부려도
여름 내내 공연이 한창이다
공원 분수에서 게으름 피우는 개구리
정원수 가지마다 지그재그로 떼쓰는 매미
집에도 안 가고 철봉에 앉아 딴짓하고 있는 참새
제멋대로 만들어 내는 한 여름밤의 오케스트라
어디 한 소절 지를 데 마땅찮은
쉰, 내 목소리까지 보태 본다

참, 가관이다

몹쓸 바람

멈추는 곳이 집이라 해도
절대로 길게 머물지 않는다
모래를 퍼 나르다가
물길 열어 놓다가
시도 때도 없이
엉덩일 들썩거리다가
아무거나 집어삼키느라
심장은 각질처럼 굳어 버리고
찢어진 우산이 그의 존재를 말해주듯
언제나 흔적을 동반한다
봄마다 찾아오는 방랑끼
바람꽃 찾으러 변산반도를 떠돌던 날
남편의 바람에 도장을 찍었다는
친구의 소식, 바람결에 묻어와
카메라 렌즈에서 한나절을 어른거린다

'미야비야' 손님들

간판에 불 들어오면
고등어 한 마리만 겨우 보이는
인사동 뒷골목 '미야비야' 주점
반백의 꽁지머리 일본인 셰프가
고등어 초회가 최고 인기 메뉴라 소개한다

두세 평 남짓한 공간에
테이블 달랑 세 개
손님 몇 들어서면 꽉 차고 마는 주점

고등어 초회와 고구마 소주를
나란히 하고 마주 앉자
크리스마스이브가 조용히 술렁대고
국화 꽃다발을 든 사내가 들어온다

간간이 혼자 와서 별말 없이
사케를 마시고 가는 단골손님이라는 그가
언 국화 꽃송이를 따뜻한 물에 불려
안주 삼아 술을 마셨다는

젊은 연극배우 시절을 추억하고
셰프의 추억은 대한해협을 들락거리고
우리의 추억은 종로와 대학로를 누비지만
결국은 7080 숫자에 갇힌다

크리스마스이브에 처음 만난 술잔들
재즈 선율 타고 국경을 넘고
시절을 넘고 테이블을 넘나든다
비워지는 술병만큼 낯익어 가는
'미야비야' 손님들 표정이 마냥 붉다

리모델링

커튼 뜯어내면
제 무게 감당하지 못하고
느슨해진 거미줄은 출렁 내려앉겠지
곰팡내 절은 천장과 벽까지 헐어 내면
골방 이야기들이 조개무지로 쌓이고
갸우뚱거리던 액자 속에선
검은 그림자 서넛 성큼 걸어 나와
광란의 춤을 추겠지
뿌연 스모그 조명 받으면서
지난 시간과 다가올 시간
그 격렬한 자리다툼 벌어지겠지
그러다 구멍 나고 상처 받으면
종이 풀로 이겨 바르고 얼버무려야지

무르팍 상처 덮듯 꽃무늬 벽지 입혀 보면
웅크리고 앉아 불면을 견디던
내 직각의 구석엔
원추리 한 무더기쯤 피어날 거야

아침에는 햇살 젖은 까치울음이
저녁엔 숲 그림자 끌어안은 달빛이
문고리에 슬그머니 내려앉아 줄
내 작은 골방은 지금, 리모델링 중이야

여편네는 스파이

웬 난수표?

간밤에 교신이 심각했던 모양이네
암호들로 가득한 종이
열 받은 컴퓨터 앞에 널려 있다
알갱이 빠진 옥수수 마냥
성근 번호 사이를 비집고 나랑 눈 맞추던
남편의 동공은 커지고 고개는 한쪽으로 기운다
그러게 말이야,
북쪽에서 온 스파이일지도 모르지
맨날 놔두고 혼자 돌아댕기니 알 리 있겠어?
빈정대며 컴퓨터를 켜자, 밤새 번호표 달고
들락날락 내 손에서 놀아나던 사진들
폴더에서 뭉텅이로 튀어나오고
'여편네는 스파이'라며 깔깔거린다

나는 명태입니다

앞만 보고 달려왔습니다
수평선은 건너야 했고
물살이 다그치면 차올라야 했습니다
당신보다 빨라야 한다고
습관처럼 앞장서 달려들었습니다
사방을 허우적대며 지름길만 찾았습니다
등대가 먼 길을 밝혀 주었지만
때때로 깨지고 곤두박질치면서
떠밀려 다니는 바닷길은 차갑고 깊었습니다
지느러미에서 날개 돋아날 즈음
낚싯바늘에 걸려 바닷길을 놓쳐버렸습니다

수평선은 건너는 게 아니고
그저 눈으로 담는 풍경이란 걸
한참 뒤에서야 알아버렸습니다
사납고 거친 물살 차오르는 대신
이젠 대관령 골짜기로 거슬러 올라와
눈비 맞으며 오돌오돌 뼈를 말리고 있습니다
첫눈에 알아보시네요?
맞아요, 나는 명퇴당한 명태입니다

빛의 길

자유로를 달린다
검단사*에 오르니 사방이 어스름한데
자식의 얼굴 본 아비, 마지막 숨 거두듯
강 건넛산은 금세 해를 꿀꺽 삼킨다

자동차 붉은 궤적들이
자유로에 에스 라인을 그어 가며
귀가를 서두르고
임진강과 한강의 합수머리엔
황금빛 윤슬 이마를 맞대고 있다

철책 넘어온 새들이 북녘의 안부를 흘리는
오두산 전망대가 장승처럼 서 있다
오늘이라는 철마는 내일이라는 역을 향해
벌써 은빛 레일을 달리기 시작하는데
임진각 녹슨 철마는 언제나 제 자리다

통일동산 삼천 개의 바람개비가
바람을 부르는 저녁

검단사 무량수전 아래엔 실향민의 촛불이
빛의 길을 이어가고 있다

* 검단사 : 경기도 파주시 오두산에 있는 사찰

깡패 바람

오백 미터 거리에 있는 동네약국을 오 킬로미터처럼 걸어 다녀온 여름 오후, 제법 덩치 큰 바람이 달려올 거라는 기상캐스터 예보에 내 몸은 덜컹거렸다 약발이 안 먹히는 통증은 허리춤에 좁쌀 몇 개 바람의 씨앗으로 떨어트려 놓았고, 주치의는 아무리 빨라도 일주일은 버텨야 못된 바람의 꼬리가 잘려나갈 것이라 했다 아무렇게나 떨어진 간판 조각처럼 소파에서 나뒹구는 며칠 사이, 그 좁쌀은 팥알이 되어 온몸을 뒤틀었다 밥상이나 뒤집어 놓고 달아날 약골 바람이 아니었다 바람이 들며 허리에 부풀어 오르는 풍선들은 그대로 터지기 일보 직전이었다 아슬아슬 사나흘을 넘겨 일주일 만에 슬그머니 사라지는가 싶더니, 내 몸에 작은 흔적을 틔워 놓고 간 깡패 바람, 대상포진

구름의 간격

잡히지 않는 신기루처럼
다가서면 슬그머니 꼬리 자르고 흘러가는
새털구름을 호수 안으로 끌어들인다
구름송이에서 잉어와 철새 술래잡기하고
낮달은 나뭇가지에 걸려 첨벙거린다
호수 안 풍경과 소리까지 뷰파인더에 담는다
이따금 바람 한 줄 불어오면 구름은
서로 밀어내고 쓸어 모으며 퍼즐을 맞춘다
구름은 저렇듯 혼자서는 어린애처럼 온순하지만
성나면 찌푸린 얼굴로 모여들어
물 폭탄 눈 폭탄 사정없이 퍼붓는다
주말이면 구름이 되어 흘러 다니는 사람들
촛불을 들었건 태극기를 들었건
간격을 지키고 정의로운 견제를 한다면
누구든 뜬구름 잡다 벼락 맞을 일은 없을 터!

이름표

생일이 다른데,
같은 이름표를 달고 나온 쌍둥이들
엇비슷한 크기지만 얼굴빛이 서로 다르지

입양 가는 대로 운명은 달라지는 거라는데
산골 이장님 댁으로 들어온 나는
그저 물기나 땀을 닦아 주는 게 일과지만
가끔은 종일 그녀의 머리 위에 앉아
땡볕에 밭을 맬 때도 있지

걸핏하면 그녀는 세탁기에 날 쑤셔 넣고
고단한 나를, 더 어지럽게 만들곤 하지
어느 땐 끓는 비눗물 속에 집어넣어
지옥 훈련을 시키고
실컷 부려 먹다가 내 얼굴빛 바래지면
첫 마음 식어가는 애인처럼 함부로 대하는 거야

온몸이 너덜너덜해질 때까지 난,
그녀에 대한 충성 접지 않고 설설 기며

무릎이 닳도록 집 안 구석구석 닦아 주지
이제 밝고 곱던 화색은 사라진 지 오래고
그 어긋난 생일조차 까맣게 뭉개져 버렸어

나를 입양 시켜 준 능곡시장 타월 가게엔
생일이 다른 쌍둥이들, 같은 이름표 달고
지금도 설레며 쥔장을 기다리고 있을걸?

가시라는 옷

모든 가시는 성질이 날카롭고 뾰족하다
평생 바다를 안고 살아온 생선 가시도
입에서 자라 나오는 말의 가시도
찔리면 아프다
향기를 뽐내는 장미에도
사막을 견뎌 온 선인장에도 가시가 돋는다

누군가를 강하고 억척스럽게 만드는 건 바람이다
여리고 부드러운 살에서 나와
뾰족하고 딱딱한 가시에 이르기까지
얼마나 거친 바람의 시간을 견뎌왔을까
침몰하는 뱃전에서 모든 걸 버리고
맨몸으로 구명정에 오른 사람처럼
살기 위해 많은 걸 버리고 선택한 가시라는 옷

처음엔 그저 바람막이였던 네가
누군가를 공격하는 무기가 되어 버린걸
감히 누구 탓이라 할 수 있으랴
하지만 세상의 가시들아, 너로 인해

또 다른 가시가 돋는 건 더 아픈 일이니
함부로 가시를 들이대진 말자꾸나

미로 상자

주엽로 건물 사 층에 가면
두 발이 모자라 세 발로 버티는 삶이
어제와 같은 오늘을 다시 시작하고 있다

커다란 이름표 가슴에 걸고
열두 가지 색 크레용 꺼내 놓고
노란색만 덧칠하는 칠십 대 소녀
종일 눈으로 달력 넘기며
애먼 신문만 펼쳐 들고 있는 팔십 대 청년
저쪽에선 칠십 대 새댁이 잡지의 모델과 속삭이다
눈 마주친 노인과 다짜고짜 시비 중이다
펑퍼짐하게 채워진 아랫도리가
부끄러운 줄 모르는 그녀
가파르게 살아온 길은 달라도
생의 포물선 내딛는 모습은 거기서 거기다

빗소리 먹먹한 오후
여린 풀잎처럼 순하디순한 양들
천둥소리에 놀라 울다가

금방 노랫가락 흥얼거리며 딴청 피운다
사방이 어둑해지는 해거름이면
잃어버린 미로를 찾는 어르신들
주야간보호센터 건물을 뿌리째 흔들어 댄다

아래층 '버클리 어린이집' 새싹들 노래
엘리베이터 타고 사 층을 막 비껴간다

너, 폴라리스*

북두칠성이 내어 준 길을
눈으로 다섯 발자국쯤 걸어야 한다
어둠과 구름 사이를 비집고 들어가
몸 낮추고 마음 엎드려야 한다

그래야 비로소 눈 맞춤할 수 있는
너, 폴라리스
사백삼십여 광년 흘러왔어도
지치지 않는, 굴절 없는 너의 빛을 사랑한다
긴 세월 우주를 날아와 내게 닿는
그 몇 시간만이라도 함께하고 싶어서
칠흑 같은 오지의 밤을 찾는다

너, 폴라리스를 뷰파인더 가운데 앉히고
좌우에 카시오페이아와 북두칠성을,
그리고 이웃 별들 두루 불러 앉혀 놓고
셔터를 누른다, 찰칵찰칵
셔터 울음에 나는 작아지고 어둠에 묻힌다
여느 때보다 타임머신도 잘 돌아가고

금세 어린 날로 돌아갈 수 있어 좋다

언제 어디서고 한결같은 모습으로
작은 별들과 우리를 인도하는
너, 북극성
오늘, 네 빛을 끌어와 담으며
나도 윤동주 시인처럼
별마다 아름다운 말 한마디씩 붙여 본다

* 폴라리스 : 작은 곰 자리 알파, αUMi, 보통 북극성으로 부른다.

깍두기

어려서 깍두기로 통했다
짝이 맞지 않는 사방치기 고무줄놀이에서
응급처방으로 끼워 맞춰 주는 깍두기
잘 하거나 못 해서 뽑히는 깍두기
이편저편 기울지 않아서
늘 게임의 열쇠를 쥐고 있지만
놀이마다 옮겨 다녀야 한다

중년 노년도 아닌 삶의 간절기
가을 겨울도 아닌 제5의 계절
아쉬움 반 설렘 반의 날들이다
엉킨 실타래에서 중간 끊어 버리고
새 실마리 만들 듯
끝에 스미는 시작, 미로 속에서 진통 중이다
몸도 마음도 쉬어가고픈
징검다리 계절 간절기
그냥 깍두기라고 하면 안 될까

2부

예스와 노, 사이에서

로드 킬

자유로에
널따랗게 펼쳐 놓은
검은 캔버스에
고양이 한 마리 납작 접혀 있다

방금 누군가
쏜살같이 덧칠해 놓은
정물화 한 점

파란 대문집 우물가

1

신길동 산 37번지, 여섯 가구가 흉허물을 길어 먹고 살던
파란 대문집 우물가에서 도둑놈 잡는다고, 새벽부터 팬티
바람으로 동네를 쓸고 온 병철 아부지, 밤손님이 남겨 놓은
시커먼 발자국 지워보겠다며 홑이불 빨던 병철 엄니가 간
밤 사건을 브리핑하는 중이다 배꼽 꼬집으며 가게로 나가
던 기름집 아줌니가 우물가에서 넘어지는 바람에, 운동화
빨던 복덕방쟁이 영화 어메가 호탕하게 웃음보를 풀어놓는
다 그 웃음소리에 빨랫방망이 두드리던 계순 엄마가 뒤로
넘어가고 파란 대문집 우물가는 발칵 뒤집힌다

2

일산 신도시 아파트 입주 7년 차, 수십 가구가 공동 대문
하나로 드나드는데 알아보는 얼굴 한 명 없다 이따금 엘리
베이터에서 같은 숫자 누를 때나 이웃인 줄 겨우 눈치채고
멋쩍게 웃어 주는 것이 전부다 무관심을 예의로 살아가는
아파트 생활, 방문 나서면 얼굴 맞닥뜨리던 파란 대문집 우
물가, 이제 꿈에서도 안 보이는 전설이거나 신화가 되었다

선글라스

눈빛과 눈빛 사이
빤히 알아보면서도
모르는 얼굴인 양 내숭을 떤다
마주 앉아 있어도
등 돌리고 있는 사람들
이젠 유리알 하나로
세상과 담쌓는 연습을 한다

군청색 눈동자 달고
눈부심을 스캔하는 사람들
선글라스만 끼면
다른 사람이 된 줄 착각한다

임자도 사람들

몸이 천 냥이면 구백 냥이 부레라는 민어
칠팔월이면 민어 잡는 임자도 사람들
어군탐지기 대신 울대를 바다에 내린다
부레를 부풀렸다 오므리며 내는 부레 소리는
흡사 개구리 울음소리 같다

모래 갯벌 헤집어 놓은 그물 끌어 올리는
어부의 팔뚝에 시퍼런 물살이 차오른다
새끼 상어만 한 민어가 올라올 때마다
어부들의 외치는 소리 '민어다'가
심마니의 '심봤다'로 들려오기 시작하면
임자도 엉덩이는 이미 들썩들썩한다

민어와 새우가 적게 잡히자
임자도 앞 무인도에 흥청거리던
민어 파시, 슬그머니 숨어들고
전장포의 새우젓 토굴도 무용지물
모래 갯벌은 대파들이 차지했다

파시의 풍요소리 그리운 임자도 사람들
아버지처럼 할아버지처럼 대나무 올대로
꿔억꿔억, 부레 소리 귓바퀴에 모으며
오늘도 민어 잡으러 바다 봉우리에 오른다

물기둥

호수에 물기둥이 서 있다
가지도 잎사귀도 없는 물줄기에
시퍼렇게 바짝 날이 서 있다
어떤 앙금을 품고 웅크려 있다
저리 대차게 반항하는 걸까
거꾸로 흐르다 금방 고꾸라질지 언정
한바탕 쏘아대는 반항의 칼날이
내 가슴에 꽂혀도
아프기는커녕 시원하기만 하다

이상한 기차

어중간한 거리에서 간 보느라
침 꽤나 흘리긴 했지만요
조막만 한 호기심이 얼굴만 했는데요
두근두근 '쿵' 소리는 깊은 우물로 떨어지는
두레박 소리가 아니라, 뒷산 무너지는 소립디다

조금씩 꼬물거리기 시작한 것이
옆구리서 하트 뿅뿅 생겨나더라구요
쭉정인지 알맹인지 잘은 모르지만
이 봄엔 '연緣' 심어 놓고 기다려 볼라구요

누가 압니까?
가실이란 종착역에서 만날지
그냥 스쳐 간대도 괜찮습니다
타고 가는 동안 충분히 설렐 테니
그냥 타고 있으려구요,

'썸'이라는 기차 그거 말여요

벌레 씹은 색

1

내 옷장엔 누리끼리하면서 푸르죽죽하고 불그죽죽한 옷
이 대부분이다 여당도 야당도 아니라서 이쪽도 저쪽도 분
명치 않다 그 어중간한 빛깔 어디서고 별로 드러내고 싶잖
은 나를 선명하게 말해 준다 요즘 즐겨 입는 옷은 서쪽 하
늘에서 어둑어둑 망설이다 돌아가는 구름의 발그림자를 따
라가게 하고, 저녁의 물살로 흐르다 나부끼고, 이따금 먹구
름으로 떠 있는가 싶어 돌아보면 유치찬란한 연애처럼 그
렁그렁 눈물 머금고 있는 색깔이다

2

풀잎의 푸른 목덜미에 숨어든 먹구름, 눈비 맞으며 천둥
울음을 그대로 받아쓰기한 색, 그중에 내가 아끼는 빛바랜
녹두색 바바리를 보면 사춘기 때 즐겨 듣던 앤틱 전축에서
LP판이 움직이고 돌아가신 외할머니 치마폭에서 봄풀이 돋
아나기도 한다 그러니까 내 옷들은 거반 다 어머니 말씀대
로 벌레가 씹다 뱉어 낸 색이다 햇빛 쨍한 오늘 옷장 열어
빛이라도 몇 줄 보태 주어야겠다

설아, 넌

오 분 전 다섯 시 방향으로
지금 막, 뒷산 먹감나무 가지를
흔들어 놓고 온 바람에
가비얍게 등 떠밀려 내게로 오누나

제로의 무게로 천상에서 날아와
세상 모두를 정화시켜 놓고
다시 제로의 그림자로 돌아가는
설아, 넌
낯선 모습으로 다가와
괜히 맘 들썩이게 하는 젊은 연인같이
올 때마다 새롭고 정겹구나

에스와 노, 사이에서

갈림길에 서면 에스와 노, 사이에서
여지없이 구두가 발목을 붙든다
구두는 갈 수 있는 길과 갈 수 없는 길
끝이 보이는 길과 보이지 않는 길을 알고 있다

두 길이, 자석처럼 구두를 끌어당겨서
늘 머뭇거리는지도 모르겠다
대장간과 단골 종묘사로 가는 시장 길목
내 구두는 호미가 먼저냐
씨앗이 먼저냐 사이에서
한쪽으로 기울기까지 반나절이나 걸린다

구두가 선택하지 않은 길엔
부적처럼 늘 미련이 따라붙는데
이미 놓친 고기가 더 커 보이고
두고 온 보따리가 더 두둑해 보여서다

내 구두 오른쪽 뒤축이 갸우뚱한 이유는
갈림길에서, 한 번 갔던 길 뒤로하고

처녓길을 뒤뚱거리며 에돌아 걸었기 때문이다

내 구두코는 오늘도 은빛 설렘을 핥는 중이다

잠자는 공주

눈을 감고 C코드를 켜고
F와 G코드를 섞어 연주하다가
도돌이표 나오면 되돌아갔다가
세뇨에서는 달세뇨로 돌아 나와 다시 시작한다
나이 들어 새어 나오는 소린지
편도에 바람이 들어 새어 나오는 소린지
자주 들어보지 않은 곡이라 더 사랑스럽다

유일한 청중인 나는 멜라토닌 두 알 때문에
그의 연주를 끝까지 감상하지 못하고
드림 월드 홀릭에 빠지고 만다
혹여 누가 나의 연주를 감상하게 되더라도
백마 탄 왕자가 아니라면야
굳이 나를 흔들어 깨우지 말고
흔치 않은 독주이니 정숙하게 감상하시라
나는 아직 잠자는 공주이고 싶으니

벚꽃 지다
— 이별

곱고 수줍던 꽃봉오리
겨우내 걸어 두었던 마음 빗장 풀고
화려하게 외출 나서는 각시마냥
앞다퉈 피워 내더니만
삼백예순닷 날 중 겨우 몇 날
당당함을 너머 도도함으로 버티던
하얀 꽃잎, 나풀거리다 주저앉는다
오르가슴의 기진함으로
아물지 않고 시려오는 저 꽃진 자리를
여린 잎에게 내어 주고
윤회의 푸른 바퀴 오르려는데
부서진 머리칼 철썩, 젖은 볼에 달라붙듯
황사 비에 흠씬 젖은 길이
하얀 발목, 꼭 붙잡는다

한 걸음 딱 한 걸음만 더, 함께하자고

부고

신들린 무당처럼
산동네 누비며 겨우 찾아낸 그의 흔적
허름한 벽에 걸린 코트가 환하게 불을 켰다

사납게 등 떠밀며 손짓할 때
스멀스멀 멀어지던
뒷모습이 그대로 걸려 있다

애써 외면했던 그리움
목젖 밀고 올라오느라
그의 어미 앞에서 딸꾹질이 났다
외출 중이던 그를 만날 자신 없어
돌아서던 구둣발 뒤로
잠겨 드는 딸꾹질은 집까지 따라왔다

첫사랑은 아름다운 추억이라 말하면서
수십 년 세월을 보내는 동안
그래도 가끔은 내 꿈속을 찾아 주더니
꽃비 소리 없이 쏟아지던 어느 날

문득 날아온 그의 부고에

첫사랑은 아픈 것이라 고쳐 말했다

책에게

서가는 언제나 11월 11일이다

사놓고 펼쳐 보지 못한 시간들이
두 팔 들고 나를 기다리고 있다
어느 시인에게 받아 놓고
미처 헤아려 주지 못한 감정과 느낌들이
두 발로 선 채 긴 겨울잠을 자고 있다
생기 잃어가는 냉장고 채소처럼
먼지 앉아 시들해진 활자들 모아
택배 상자에 담는다
외면에 대한 핑계와 미안함을 얹어
긴 이별을 준비하는 11월 11일

애들아, 책방 그루에 닿거든
내게 당한 설움일랑 빨리 잊고
새 주인과의 눈맞춤으로
온기 찾아 건강해지렴

북두칠성 똥파리

행주산성 아래 국숫집에 가면
일곱 마리 파리가
밥상 위에 국자 모양 별자릴 그린다

어탕국수 빨리 달라고 손이 발이 되게
빌고 있던 북두칠성 똥파리
열 받고 달려온 뚝배기가
상에 오르는가 싶더니
화들짝 놀라 그만 별자릴 무너뜨린다

언감생심, 결코 어탕국수는
즈이들 몫이 될 수 없음을
벌써 눈치챈 모양이다
제 분수 용케 알아차리는 북두칠성 똥파리

그만도 못한 인간들 밤하늘 은하수처럼
빠알간 불빛에 엉켜 자유로를 질주한다

스미다

밀가루와 물이 만나 엉기면
국수가 되고 수제비가 되고 풀이 된다
서로 갈등 없이 물들어 가는
저 오묘한 이타심

스미어 간다는 것은
경계를 허물고 벽을 무너뜨리는 일

너와 내가 만나 사랑을 하면
내가 너를 닮고,
네가 나를 닮아 가는 이치도
서로에게 물들어 간다는 것
아니, 스미어 간다는 거지

서로의 길은 안개에 숨어들어도
이어진 듯 끊어진 듯
희미하게라도, 너와 나는 분명
한통속으로 이어진다는 거지

3부

둘넷여섯여덟열

카메라

카메라를 들면 눈먼 소가 된다
아무리 부릅떠도 당겨 보이지 않는 눈
때때로 내 목을 끌어당기며
제 눈동자에 내 느낌을 담아내려 한다
건너편 실미도 해송은 실눈 뜨면 보이고
손이라도 닿을 것 같은 가까운 풍경은
왕눈이어야 잘 보인다며
자꾸 뒤틀리는 내 비위를 맞추느라 애쓴다
돌아서면 금방 잊고 말 그림들을
시키지 않았는데도 세심히 골라 담는
그의 눈매는 영락없이 매의 눈이다
쉴 새 없이 재촉하는 그의 강한 대시에
죄 없는 무릎 관절
골골골 개구리 합창을 한다

도시의 섬

가끔은, 나 아닌 나로 살아가는
사람들 숲에서 도망치고 싶어서
자기만의 핑계를 만들겠다고
선글라스로 눈 가리고
이어폰으로 귀 막고
마스크로 입 가리고
내가 아닌 척하고 산다

보고도 못 본 체
듣고도 못 들은 체
보고 싶은 것만 보고
듣고 싶은 것만 듣고
묻는 말엔 대꾸도 않고
하고 싶은 말만 해도 되는
혼자만의 섬이 되고픈 게다

도시라는 무채색의 섬에서
'나'를 닮은 또 다른 '나'가
그렇게 모여 산다

둘넷여섯여덟열

1

둘넷여섯여덟열, 비듬 같은 구피 먹이를 뿌릴 때마다 행여 한 마리라도 줄었을까 나는 숫자를 헤아리고 그들은 내 손끝을 따라다닌다 동생 집에서 일회용 컵에 담아 온 구피 열 마리, 그들을 볼 때마다 입술에 달고 다니던 둘넷여섯여덟열 이젠 아예 그들 이름이 되어 버렸다 여행을 다니면서도 자꾸만 눈에 밟히고 입술에 어른거리는 둘넷여섯여덟열

2

둘넷여섯여덟열, 행여 한 마리라도 늘었을까 아무리 세어 봐도 똑같다 제 새끼를 바로 먹어 치운다는 구피, 새끼 낳으면 분양해 주겠다고 약속했는데 배부른 녀석은 아랑곳없이 수초 사이로 돌멩이 사이로 느릿느릿 헤엄쳐 다닌다 눈에 잘 보이는 책상으로 옮겨 놓고 빈집에서 나 혼자 중얼거린다 둘넷여섯여덟열

시인의 바다

십이동파도의 낚싯배, 뱃전을 치는 시어들
뿔뿔이 달아났다가 꼬리 잘리다가
스크루에 걸려 해체되기 시작하면
행간 사라지고 음절이 끊긴다
모음과 자음 튕겨 오르다 곤두박질치고
쉼표와 느낌표 간신히 선미에 매달린다
바람이 멎고 시옷 물고 끌려 나온 숭어
비읍을 반쯤 움켜쥔 어린 우럭
리을을 히읗과 함께 삼키다 목에 걸린 농어
포물선의 바늘 끝에서 아등바등하는 것이
시인이 생략하고 압축한 시어들이다
물거품에 젖은, 하얀 손으로 그물코 기우듯
낚아 올린 음절들 문맥 사이사이에 끼워
원고지를 까맣게 채운다
어느덧 '시인의 바다' 詩 한 편
포구에 여명의 닻을 내린다

꽃무덤

윤슬처럼 반짝이는 초록 잎
그 잎새 사이로 꽃들의 절명, 줄을 잇는다
영혼 내려놓지 못하고
소매물도 바다에 떠 있는 동백꽃
저만치 고깃배 멀어지면
움찔 놀란 파도가 눈물 주름 빚어서
꽃을 뭍으로 밀어낸다
밀려난 꽃송이 몽돌을 애무하며
생애 마지막 사랑 중이다
동백꽃이 검푸른 물살로 돌아가는 동안
달그락달그락,
몸으로 장송곡을 켜주는 몽돌
그래, 슬픔도 품앗이가 되는구나

마트에 가지 않을 이유

리스본행 야간열차가
눈 쌓인 길로 문병 가는 사이,
손바닥만 한 테이블엔 커피 한 잔과
밤 열두 알 나란히 온기를 흘리고 있다
카톡방 빨간 불 서넛 깜빡이는 사이,
택배 트럭 다녀가고
콩돌이 털털거리며 짖어대자
처마 밑 풍경 덩달아 징징거린다
눈 쓸고 들어온 오전 열한 시
벽시계는 아홉 시
감쪽같이 사라진 두 시간
딱, 그 사이
하얀 햇살은 한 편의 시나리오를 쓰는 중이다
아날로그 굼뜨게 디지털과의 거리를
조였다 풀었다 무겁게 맴돈다
길 잃은 시간 마땅히 흐를 데 없어
누렇게 바랜 숫자판 서성이는 사이,
얼마 남지 않은 그의 시간도
리스본의 오래된 골목을 헤매다

스위스의 베른역으로 돌아올까 싶어
시계 약 사러 마트에 가지 않아야겠다

비 오는 모항에서

목선들 나란히 사부작거리며
몸살 앓고 있다
포승에 묶인 고동들의 볼멘소리
낚싯줄 던져 놓고
담배 물고 파도와 씨름하는 그림자
하얀 등대가 보이는 언덕배기
뭇사람들 오르내리며
놓고 간 바람의 편지들이
색색의 리본으로 묶인 채
소원의 나무를 목 조른다
비껴간 사랑 좇느라
뒤꿈치 닳아버린 발자국들
삐뚤빼뚤 흙탕물 속으로 침몰하다가
물안개 시린 산허리에
순한 바람으로 돌아눕는다
비 오는 모항의 아침에

* 모항: 변산반도의 작은 항구

66

가의도의 몽돌

깨어지고 부서지는 것이
돌멩이의 얼굴이고 생이다

칼날 세운 파도와 갈매기 울음이
깎이고 무너지면서 새겨진
섬에 사는 몽돌

몸의 빛깔 각기 다르지만
서로 몸 다독이고 어루만져 주는
가의도의 몽돌같이
둥근 멍이라도 들어 봤으면 싶다

그물

물 빠져나간 볼음도 갯벌에
갈매기들 잔칫상이 벌어졌다
갯벌은 산자의 밥상이 되기도 하고
죽은 자의 무덤이 되기도 한다
개매기 그물에 걸린 물고기 몇 마리

빨랫줄에 널어놓은 옷처럼 갯바람에
꾸덕꾸덕 젖다 마르면서
한 생을 놓아주고 있다

유 씨가 끌고 온 경운기 소리에도
갈매기들 잔칫상은 그대로다
끝 간데없는 바다에서 물고기들은
갈매기 밥이나 될 줄 어찌 알았을까
물 빠지면서 속살로 드러나는 그물은
달아날 구멍 많아도
그대로 물고기의 무덤이 되곤 한다

심봤다

낡은 외딴집에 사는 할아버지
툇마루에 앉아 신작로를 내려다본다
기다리는 자식들 온다는 소식은 없고
작년에 찾아온 도시의 봄이 우르르 몰려온다
할아버지와 안부를 나눈 선글라스 여인들
담 모퉁이 돌아 언덕배기에 오르면
묵정밭 꽃다지와 잡초들이
앉은뱅이 냉이들과 땅따먹기 한창이다
봄볕 등지고 앉은 챙 넓은 모자들
이 꽃 저 꽃 찾아다니는 나비처럼
오리걸음으로 밭둑 옮겨가며 봄을 캔다
냉이 향과 흙냄새가 알록달록 수다에 섞여
묵정밭은 금세 연두향 잔치다
어쩌다 굵은 냉이라도 캐면 '심봤다' 소리에
강아지들 컹컹 짖고 들판은 호들갑스러운데
할아버지의 툇마루만 고요하다

바람의 길

푸른 눈이 보여요
바람의 눈
두통을 앓던 하늘은 꽃구름 피우고요
쉿,
구월이 코앞이라고
펄럭이던 달력이 눈짓해요

마당에 제 열매 내려놓고 있는 감나무에게로
햇살이며 바람이 길을 내고 있어요
잎새들도 금세 떠나려고 채비하는군요
여름 통증이 길었나 봅니다
낯선 바람은 수액이라도 맞은 듯 활력을 주네요

이제 슬슬 가을을 맞이해야겠지요
가방 속에서 눈치만 살피던
카메라 끌어당겨
셔터를 살짝 눌렀어요

'찰칵'
바람에 묻어온 셔터 울음
아직 살아 있다고 대답하는 소리
들리나요

기숙사 B사감

활동 뜸해지면서 마음도 따라 수척해진다
보이지 않는 사람들과 경쟁하면서
지난날과 겨루며 살아온 습관 때문이다
쉬어가도 말릴 누구도 없는데
도리 없는 B형 성질머리는
딱, 기숙사 B사감이다
본인이 정한, 날 선 규칙을 못 지킨 날은
깨금발로 서 있는 재두루미인 양 불편하다

욕심 없이 살리라 마음먹으면서도
몸은 따로 놀고 있으니 문제다
선명해서 완벽한 사진보다 때론
약간 흔들리거나 초점 비껴 맞은
색다른 사진이 좋은 작품이 될 수도 있는데
방향이 약간이라도 틀어질라치면
바로 잡으려는 본성이 꿈틀대어
각진 모서리에 툭툭 걸려
곡선의 여유를 놓치곤 한다
없는 정답, 있다고 바득바득 우기면서

베개 끌어안고 눈썹만 씰룩댄다
인생은 마음먹기에 달려 있고
인생의 주인은 바로 나인데
완벽하려고 용쓰는 못된 B형 습성
봄날, 커트하듯 싹둑 잘라 버려야겠다

동강 할미꽃

햇살 몇 줄 수다 떠는 봄날 아침
역광 속으로 숨어 들어와
슬그머니 피어나는 할미꽃
암벽 아슬아슬 타고 올라가
거북이 목으로 손주 놈 기다린다
뗏목이 출렁이며 쓸려가더니
강이 되어 버린 청솔 같은 손주 놈은
할미에겐 어리광뿐인 강아지다
검게 그을린 가슴에
검불 향 피워 놓은 세월 쟁여 놓고
기다림 멈추잖는 청보랏빛 전설을
프레임에 담는 카메라 셔터 울음
정선의 아라리 같이, 굽이굽이
동강을 적시며 따라 눈물짓는다

간이역

첫 차에 실려
볏짚단들 서로 부둥켜안고 있는
들녘 지나면, 큰집 대청마루에 걸려 있던
진경산수화가 다가왔다 멀어지고
다시 가까이 와서 그대로 내 안에 걸린다
여명이 차 안을 물들이고
친정 오라비 두상 닮은 민둥산 위로
아침 해 슬그머니 얼굴 내밀 즈음
발길 서성이게 했던 간이역에 닿는다
그 역은 떠나간 사람을 돌아오게 하고
다시 등 떠밀며 떠나라고 채근한다
삶이란 떠나고 돌아오는 일의 반복
차창에 기대어 슬그머니 졸고 있는
사람의 얼굴을 풍경으로 훑고 지나가듯
누군가 떠나고 있는 푸른 간이역
텅 빈 역사에서, 나는 또 누군가를 기다린다

일곱 밤의 자유

일탈의 자유를 꿈꾸며
나 홀로 떠나는 여행은
밤마다 새로운 구속의 연속이다
생면부지로 만나 엉뚱한 인연으로
룸메이트가 되어 버린 여자
그녀로 인해 밤마다 빛 사냥, 소리 사냥으로
이국의 밤은 하얗게 바래면서 여위어 간다
억센 억양으로 밤새 중얼거리고
부스럭거리며 어둠을 좀먹는 여자
끝내 신음으로 귓바퀴에 돌아오는 빛
밤사이 정화되지 못해 누적된 앙금은
동유럽 국경 넘나들며 충분히 질벅거린다
맞물린 이빨 사이로 빠져나간 한숨
서서히 가슴에 과부하가 걸리고
어제처럼 아니 그제, 그끄제처럼
마음의 장벽을 쌓는다
거부할 수 없는 잘못된 만남이다
싱글 차지라는 뒤늦은 후회

차라리 일곱 밤의 자유를 사고 말 걸

당분간 잊으려 한다

외국으로 나를 떠돌게 하는 건 바로 너다
베트남으로 추방했다가 돌아오게 하고
낯선 땅으로 다시 떠미는 것도 네 짓이다
언제나 까만 정장에 비닐 우의 걸치고
죙일 내 체온에 밀착하고 감시하면서
행여라도 내가 사라질까 노심초사
신줏단지 모시듯 나를 VVIP로 모신다
그래봤자 제복의 공항 직원들은 나보다 널
더 신뢰하는 것 같아 질투 만발이다
집으로 돌아가면 나조차 찾아내지 못하도록
어디 깊숙한 곳에 널 숨겨 둘까 한다
또 나를 추방하려고 기를 쓰겠지만
난, 널 당분간 잊으려 한다

백합 조개

함부로 입을 열면 안 된다고
발설하면 죽음이라고,
말을 삼키고 사는 백작 부인

파도가 들려주는 검푸른 노래
물살에 떠밀려 오는
수초들의 춤사위에도
입 채우고 몸 닫고
말 삼키고 사는 귀족 부인

무슨 비밀 물고 있길래
입을 그리 꼭 채우고 있는 거니
칼 들이대도 입 열지 않으니 말이다
이따금 짠물 토해 내면서까지
할 말 참는다는 거 힘든 줄 안다
그러니 이제 그만, 말 좀 하고 살려무나

4부

실면도 하는 여자

합성

따오거나 오려내서
둘 이상이 온전히 하나 되는 것
서로 완전해지고, 무결해지는 것
더하거나 빼서
둘 이상이 한 몸을 이루는 것
서로 사랑스러워지고
더 아름다워지는 것
빌려오거나 빌려줘서
둘 이상이 무리 없이 살아가려고
몸부림하는 것
그래서 서로 적당해지고,
더 마땅해지는 것

아홉 수

손등 타고 수액이 거슬러 올라가면
노리끼리한 주사액이 유리병에 팔 할쯤 들어 있다
처마에서 양재기로 떨어지는 빗방울같이
혈관에 졸졸 스며드는 링거

아홉수를 서둘러 넘다 비틀거리는 걸음으로
거푸집처럼 쓰러진 예순 고갯마루에서
볼썽사나운 모습으로 명절을 맞는다

갱년기에 은근슬쩍 묻어온 아홉 수,
시작부터 요란했다
방앗간 드나드는 참새 되어 병원 들락거리고
커튼 줄무늬 사이로 아침해 고개 내밀어도
침대는 나를 결박하고 쉽게 놓아주질 않았다

아픈 만큼 성숙해지는 게 아니라
아픈 만큼 시들어 가는 게 중년의 아홉 고개
어느 해보다 기차고 변화무쌍한 바람이긴 했다
물그릇에 떠 있는 먼지 모양

식구들 우왕좌왕 떠드는 소리 귓전에 맴돈다

유리된 세상 저쪽은 명절이고
이쪽은 그냥 무심한 하루 같아 보이지만
그래도 명절은 명절인가 보다
아무리 아파도 소리 없이 끙끙 앓던 나를
독한 년이라 부르던 친정 엄니가 그립고
마흔아홉에 세상 떠난 동생도 불러보고 싶으니 말이다
일의 중심이 누워 있으니 집안의 명절이 반 토막이다
아프지 말아야 하는 이유인지
건강해야 하는 이유인지 분간이 안 선다

하얀 고립

지난밤 큰 눈 다녀가고
아랫집 빗자루 쓸리는 소리
설벽에 갇히겠다는 마음 접으며
눈삽 들고 나가서 말랑말랑한 눈사람이 된다
스케줄 걸어 놓고 핸드폰 잠재우고
꿈과 티브이 속 넘나드는 망중한
쉬지 않고 내리는 눈발은
또 다른 연하장을 그려 보이고
나는 하얀 고립을 또다시 꿈꾼다

무언가에 갇히는 게 아니고
어딘가에 숨는 게 아니라
해방이란 이름으로
고립을 꿈꾸는 마음과 달리
재난 구호품으로 달려오는 택배 상자
언덕길 잘 넘어오시라고
눈길 치우는 삽질 바쁘다

땅속에 묻혀 있는 튤립 알뿌리들

폭설 소식 알고나 있는 건지
꽃 진 자리, 마당의 수국들도
봄을 잘 숨기고 있는 건지
정원의 안부가 몹시 궁금한 저녁
측백나무 트리 가족이랑
눈과의 눈 맞춤, 또랑또랑하다

눈먼 사랑

한 입 쓰윽, 베어 물고 싶은 그녀에게
살곰살곰 다가가 스킨십하다
어설픈 몸짓으로 상처만 주기도 했다
하루에도 수차례 울타리를 넘어
수줍은 그녀를 탐하다가 꼬랑지 밟혀
사선도 여러 번 넘나들었다
한창 물올라 탱글탱글한 모습 보며
정신줄 놓기도 하는 요즈음
눈앞에 아른거리는 그녀한테 홀려
자꾸만 과수원으로 향한다
주인에게 걸리면 걸리는 대로
모양새 빠지는 줄 알면서도
이번엔 꼭 보쌈을 하리라
불콰한 사랑에 젖어 울타리 넘는데
나무 아래, 고운 면사포 쓰고 있는 그녀가 보인다
납작 기어 남몰래 달겨들다가
아뿔싸,
과수원 지기의 은빛 그물에 되려 보쌈 당한
까치의 눈먼 사랑이여

그해 여름밤

내 몸에서 천둥 울고 번개가 친다
시어머니 지청구는
며느리 입덧도 개의치 않으셨다
그런 날 저녁에는
어김없이 번갯불도 그치지 않고
정수리에서 쇳소리가 났다
꿈속에서는 잘도 따지고 덤벼들어도
막상 시어머니 앞에만 서면
땡볕 아래서도 얼음이 되어 버렸다
차오르는 속울음 알아차린 걸까
속으로 어르고 달래어도
제 어미 편들겠다고
뱃속의 어린것은 발길질을 해댔다
시어머니 세상 떠나시고, 그만 잊힐 만도 한데
아직도 몸에서 번개가 치면
주책없이 입덧이 신호를 보내오는
까맣게 잊고 싶은 여름밤이다

그녀, 날다

　오늘도 잠을 설친다 터널에서 멈추다가 더듬더듬 언덕 오르다가 곤두박질 치다가, 눈 뜨고 보면 지하철 스크린 도어에 설핏 비추인 그녀, 창백하다 머리칼에서 옷깃을 타고 발등에 떨어지는 눈물, 무엇이 그리 힘들어 비탈진 마음 가누지 못하고 안갯속을 날았는가, 날개도 없이 보이지 않는 어느 끝을 찾아 숨 막히는 질주를 했는가, 마흔두 해 뛰어온 위험한 질주 끝내고 두어 시간 만에 육신의 옷을 벗어버린 그녀, 영원히 살 수 있는 길은 갈매기가 되는 수밖에 없다고 생각했던 거다

입춘

얼음은 겨우내 울었다
온 산을 부딪치고 돌아온 그 울음은
협심증 아버지의 가슴을 훑치더니
응달의 잔설에서
조금씩 제 몸뚱일 줄였다
돌아누운 아버지 가슴에
立春大吉, 네 글자 붙여 드리니
아까부터 베란다서 훔쳐보던
춘란이 곧추서서 기지개 켠다
쨍그랑, 화분 깨지는 소리

봄,
뼈와 살이 풀리는 소리

귀 대고 들어보면 은근히 잡음도 정겹다

퍼즐 맞추기

딱히 기억에 안 남으면 태몽이 아니래요
태몽을 꾸었느냐는 며느리 말에
특별히 기억 안 난다고 하던 그날 밤
물살 거꾸로 타고 오르는
팔뚝만 한 물고기 잡는 꿈을 꾸었다
새벽잠 깨자마자 컴퓨터 켜고
검색 창에 온갖 단어들을 구겨 넣었다
꿈풀이 물고기 꿈 태몽 동식물 꿈
블로그 카페 웹 온갖 문서를 클릭, 클릭했다
눈에 쌍불 켜고 보니
딸 태몽 재물운 문서운이 쏟아져 나오고
그래도 필요한 것들만 눈에 들어온다

며느리가 그토록 원하는 딸을 가졌나
택배 온다더니 무슨 선물이 오는가
팔려고 내놓은 집 계약되려나
갈망하고 있는 것과 해몽을 열심히 짜 맞춘다
세상에 꿈 하나 잘 꾸어 일등 당첨했다는
기사도 더러 나오지만

겨우 복권 한 장 사 놓고 수억의 횡재를 바라는
심보가 내 안에도 있었나 보다
그냥 굴러들어 오는 게
복이 아니라는 건 알면서도 말이다

내 귀는

두통이 먼저인지 불면증이 먼저인지
톱니바퀴로 맞물려 돌아가는 둘은
선후배 알아보지 못하는 야릇한 관계다
마음 끄고 누운 채, 모든 소리 귓전에 가두고
하나씩 꺼내어 해체 분석하는 보랏빛 시간이다
토막 졸음 마을버스처럼 왔다 가고
다시 왔는가 싶은데 또 가려 하고
아래층 3호인지 위층 2호인지 옆집 1호인지
출처 알 수 없는 휴대폰 진동음까지도
빼앗아 오는 내 귀는 울트라 자석이다
사각 벽에 걸린 시계 초침 소리가 걸어 나와
예각의 반사음으로 내 귀를 얄밉게 끌어당긴다

어느 집 알람에 깨어난 나는
공연히 새벽밥하느라 까치발이다
쓰리 쿠션만큼이나 각이 정교한 당구알처럼
마침내 벽을 튕기고 돌아와서
층간 소음이란 거미줄에 걸린다
최고급 건축재로 잘 지었다는 아파트

불면의 울트라 내 귀 앞에선 하자 보수 감이다
그래, 나는 영락없는 불면증 환자이다

실면도 하는 여자

싸락눈이 문풍지 할퀴는 날이면
화롯불에 고구마 올려놓고
할머니와 실뜨기 하던 유년의 겨울밤

할머니와 내 손가락 오가던 실 가닥은
손 마술에 걸려 세모 네모에다
절구통 여물통까지 만들어 냈었지

잔주름 사라지고 화장발까지 잘 받는다나
사우나에서 실면도 하는 여자가 그랬어
그녀의 손가락에 걸린 실 가닥이
누워 있는 내 얼굴 오르락내리락하면서
맨살 꼬집으면 솜털이 뽑히는 거야
혼자서도 실뜨기를 제법 잘하더리구

구석구석 고넘들이 훑고 간 자리는
낮술 마신 아버지처럼 금세 불콰해지고
남은 자리는 날 선 긴장으로 쫄깃쫄깃
예고된 통증에 피돌기가 빨라지지

당연히 안면 혈액순환이 잘되지 않겠어

정말이지 실면도 끝나고 나면
뜨거운 욕조 속 아비의 그 시원함이야
화장발 잘 받거나 말거나
잔주름 없어지거나 말거나, 그냥
속 주머니 깊이 깻잎처럼 쟁여 두었던
유년의 실뜨기를 추억한 것만으로도
만 오천 원짜리 실면도, 그거 아깝지 않더라

우물의 전설 Two

동리마다 낮은 공동우물이 있었다지요
철부덕 철부덕 첨벙첨벙
아이들이 놀다가 종종 빠지기도 하고
아이 엄마가 속치마 바람으로 달려와
뛰어드는 우물이었다네요
아이를 건져 올린 날은 우물 대청소를 했었다죠

같은 사건이 다른 장소에서
그리 비슷한 시기에 일어날 수 있었을까요
하나는 친정어머니가 남동생을 건져 올린 목격담이구요
다른 하나는 시어머니가 시누이를 건져 올린
구전담이랍니다
달라도 너무나 다른 두 집안, 두 어머니
하지만 우물의 전설은 우째 그리 똑같던지요
혹시 한 동네 살았었나 할 정도로
그대로 내가 본 상황입니다
시금치의 시옷 자도 싫었던 된 시집살이
시어머니의 우물 이야기를 남편에게 들으며
매정했던 그분에게 '그런 모정이?' 고갤 갸웃거리며

시금치 된장국을 끓이던 신혼 시절이 생각납니다

아침에, 무심코 정원의 새 둥지를 들여다보다가
알을 품고 있던 딱새와 눈이 마주쳤습니다
어미 새는 미동도 않고 저에게 눈싸움을 걸더군요
막다른 골목에서 고양이에게 덤벼들던 쥐서방처럼요
저렇듯 어미들이라면 목숨 걸고 제 새끼 보호하려는데
TV 뉴스에선 어린 제 핏덩이 모질게 학대하고
검은 모자 눌러쓰고 두 손 묶인 에미 애비들이
카메라 플래시를 받고 있네요
우물 속을 겁 없이 뛰어들던 두 어머니의 모습과
알을 품고 있던 딱새의 눈빛이 오버랩되는 장면입니다

비밀번호

컴퓨터를 열어도 번호를 달라하고
웹사이트에 드나들려 해도
아이디와 번호를 내놓으라 채근한다
휴대폰 문자와 통화도 번호부터 대라 하고
은행도 번호를 가져가야 손님 대접을 한다
아파트도 정문에서부터 차단하고
출입구도 현관도 번호를 눌러야 열린다
절차 복잡할수록 보안이 잘된 아파트란다

모든 관계는 의심으로 차단하고
비밀번호로 양파 껍질 벗기듯 벗겨야
진짜가 보이는 세상이다
주기적으로 번호를 바꾸라고 성화여서
수많은 비밀번호가 매일 태어나고 죽는다
숫자와 기호와 문자를 섞어야 장수한다니
신뢰에 반비례해 복잡하고 까칠해지는 번호들

열쇠와 자물쇠는 눈에 보이지만
한번 잃어버린 비밀번호는 아무리

주머니를 뒤져도 잡히지 않는다
손에 잡히는 자물쇠와 열쇠가 그립고
헐렁한 3개의 막대로 가로질러 만든
제주도의 정낭이 부럽기만한 요즘이다

숯가마

일당이 나올 리 없다
사랑하는 마음도 아니고
열정은 더더욱 아니다
불구덩이 앞에서
죄수처럼 수건 뒤집어쓰고
웅크리고 앉아 있으니
물구나무 서 있던 모래시계가
기어코 한마디 한다

"청자야, 백자야?"

정년 선물

1

한 지붕 아래서 얼굴 보기 힘들던 남자, 해종일 얼굴 맞대고 살아보니 지루하다 소파에서 리모컨 들고 국경 넘나들며 산다 며칠 전에는 홈쇼핑 채널도 접수하고 택배 기다리는 것이 소일거리가 되어 버린 삼식이 남편, 정년이 내게 안겨 준 선물이다 남녀가 붙어 살면 숨소리도 닮는다는데 우리 사이, 어쩌면 프로그램 선호도가 이리 다를까 싶다가도, 선물이라 던져 준 리모컨 핑계 삼아 전기밥솥 켜놓고 카메라 들고 집을 나선다

2

골목 쏘다니며 셔터 누르다가 백화점에서 지름신을 불러도 보고, 이따금 사우나에서 뒹굴다 돌아오는 것이 선물에 대한 예의라 생각하는데, 여전히 소파에서 티비와 맞짱 뜨고 있는 불편한 선물, 젊어서 비서 마누라 두고 살아서 전자공학 출신답지 않게 컴맹이다 관공서 프로그램 뒤져 컴퓨터 기초반 등록해 주니 자동차로 모셔 달란다 그걸 단칼에 잘라 버렸더니 머쓱해져 꼬리 내리는 남자, 그래, 리모컨을 도로 빼앗은 일은 백번 생각해도 참 잘한 일이다

비무장지대의 꽃

중부 지방에 경계 발령 떨어졌다

갱년기 무장 해제하고 자유로운 몸
다시 다이어트戰 치러야 하는 복부를
42점 7도의 열정수에 맡긴다

내 몸의 삼팔선, 허리를 기준으로
뜨거운 열기는 하반신을 침략하고
차가운 수기는 상체를 공략한다

최적의 밸런스 잡으려면 참아야 하는데
때때로 달아오르는 열기에 휴전하고 싶다고
안달하는 육체의 반란, 그러다가
시계 바늘 반 바퀴쯤 돌아가면
열꽃 피던 내 몸과 마음에 봄 찾아온다

모든 경계에는 꽃이 핀다*는
어느 시인의 시구처럼, 지금 비무장지대엔

이름 모를 야생화가 한창일 거다
내 둥근 허리춤에도
에스라인 원추리꽃 피어나길 꿈꾸며
가만히 눈 감았다 떠보니
글쎄, 백두산 온천에 앉아 있는 게 아닌가

* 함민복 시인의 시

진달래꽃

앞산 능선에
말간 정신 내려놓고
징용 간 할아버지 부르며
산으로 들로 건너다니시던 어머니
이젠 색깔 다른 대물림으로
언뜻 보면 잘 보이잖는
어머니 꽃, 진달래 찾으러
그녀 봄산을 오르내린다

지각인 줄 알고 성큼 걸어온 꽃길
황사 바람에 그만,
오가는 길 엇갈렸나 보다
헐거운 앞산, 무채색 가지마다
그녀가 놓치고 간 진달래꽃
하늘가에 어머니 얼굴
분홍꽃잎으로 동동 떠 있다

5부

종묘 상회

강아지풀

해거름에 건달을 만났다

대책 없이 간지러운 강아지풀
기다란 모가지 살랑거리며
거들먹거리는 머리채에
야윈 초승달 이고 있다

바람 앞에 당당하게 날 세운 모습
고슴도치 같기도 하고
보송보송 애벌레 같기도 하다
강아지와 별 상관없어 보이는데
왜 강아지 성을 빌려왔을까

바람에 꺾이지 않는 그 모습
사별한 뒤 딸내미 곱게 키우며
여리지만 꿋꿋하게 사는 그녀
후배의 그림자 그대로다

분갈이

나도 모르는 사이 언제 저렇게 자랐을까
덩치에 맞는 옷이 필요하지 싶어
새 옷 한 벌 사놓고 녀석을 발가벗겼지
어찌나 오동통하던지
살 오른 모습이 금세 또 자랄 듯싶어
아예 큰 옷으로 사길 잘했던 거야
이왕이면 잘 먹고 잘 자라서
큰 옷에 몸을 맞추라고 했지
옷이 잘 맞을 때쯤이면
네 모습에 네가 먼저 반할 거라서
분내 솔솔 풍기는 함박웃음이
얼굴에서 떠나지 않을 거라고
그 모습에 봄 햇살도 덩달아 반해서
입맞춤할 거라 했더니
녀석이 글쎄,
얼굴 발개지며 헤벌쭉 웃더구나
그래, 친구야 어느새 분갈이 철이구나

잡초와 화초 사이

들길 걷다가 한두 뿌리 데려온
하늘하늘 하얀 냉이꽃
달걀꽃이라 부르는 개망초
노랫말도 예쁜 제비꽃에
허리 구부정한 할미꽃까지
화단 모퉁이마다 몸 풀었다
하나둘 장바구니에 묻어온
빨간 덩굴장미와 청보라 빛 수국
노란 수선화와 분홍 제라늄
이에 질세라 들꽃들, 몸집 불리고
무량 무량 식솔 늘려가더니
화초가 아니라 잡초가 되었다
이쁘게 보면 화초요, 밉게 보면 잡초인 것을
무엇을 캐고 누구를 남길 것인지
잡초와 화초 사이, 저 여린 것들 앞에서
괜히 꽃삽만 들었다 놓았다
봄 나절이 훌쩍 지났다

아론의 지팡이

제부 손에 들려온 입주선물 1호 대추나무
정원 입구, 햇살 환한 자리에 심었다
두어 달 넘도록 살아 있는 기미가 보이지 않자
애기 사과나무로 갈아치웠다
명당에서 밀려난 대추나무
마당 한구석에 동그마니
부지깽이로 서 있다 슬슬 잊혀 갔다

꽃나무들이 꽃망울 터트리고 꽃잎 떨구어도
나뭇가지에 들새 한 쌍 신혼 둥지 틀어
알을 품고 제 새끼 길러내서
산 넘어 강 건너로 떠나던 날에도
대추나무는 지게 작대기로만 보였다
아마 서너 달은 족히 지났을 참이었다

아론의 지팡이도 아닌데
마른 나뭇가지에 종기 솟듯
연둣빛 생명 하나둘 비치기 시작했다
옴마야, 느그덜 안즉 살아 있었어?

대추나무의 생사를 확인한 게 그리 한참 후였다
모르는 남자가 어딘가에서 날,
눈여겨보고 있다는 걸 상상하던 사춘기 때 마냥

그동안의 무심함에 내 볼이 빨갛게 달아올랐다
늦여름 굵은 대추 몇 알 쏟아 놓을 때
무관심을 견뎌온 뿌리의 힘에 미안했고
여린 가지의 뚝심에 반했다
보기에도 아까운 대추 한 알 와삭 깨물며
안 보인다고 없는 게 아닌데,
아그덜아 미안혀

소나기와 햇살 사이

툭툭 투드득, 소리와 함께
동그라미 하나둘셋넷… 여덟아홉이
웅덩이에서 알록달록 시그널이다
회전 그네 속, 빨간 쿠션을 흥건히 적신
짧은 소나기와 무지개 사이에서
땡볕에 흐느적거리던 꽃나무들
목마른 강아지처럼 시원하게 물 들이켜곤
초록 무릎 쭈우욱 뻗는다
햇살과 다시 먹구름 사이에서
잔디 위를 뛰어가는 애기 청개구리
즈이 엄마 무덤 찾아가나 보다
소나기와 햇살 사이에서
꽃삽을 든 난, 밀린 숙제를 해야 할 참이다
내 짝은 누구일까 어떤 이름일까
궁금해하면서 등교하던 유년 시절처럼
꽃동자 굴리고 있는 장미 넝쿨 올려다보며
꽃들의 담임선생이 되어 본다
원추리와 달개비를 나란히 앉혀 볼까
쟈들, 아이비와 마삭줄은 잘 다투니까

멀찍이 떼어 놓아야겠고
전학 온 봉숭아는 반장 국화 옆에 앉혀야지
서로 불만은 없어야 할 텐데
저들의 인연이 내 손안에 있다니
거, 참 난감한 일이로다

종묘 상회

세상 밖으로 선보러 나온 씨앗들
덩치도 제각각이요, 얼굴 생김도 제멋대로다
어느 안 마당, 채마밭에 터 잡을지 모를 일이지만
오늘 선택받지 못한다고
울며 보채봐야 소용없다는 걸 잘 안다
마른 땅이면 어떻고 젖은 땅이면 어떤가
발부리 닿는 자리가 그냥 내 집이거늘
누군가 한 걸음 더 관심을 보인다면
햇살이며 비바람, 눈비 맞아가면서
뿌리내리고 기둥 세울 자신 있다 하리라
시절 좋으면 잎사귀 사이로 꽃대 올리며
실한 열매도 품을 수 있다고 말하리라
주인에게 한 목숨 바치는 건, 기본이라고
펄쩍 뛰어 매달려 볼 참이다

종묘 상회 앞 길가에 민춘란 몇 촉,
씨앗들의 재잘거림 한 귀로 흘려들으며
때 이른 봄비에 으슬으슬 떨고 있다

씨앗의 집

민들레 홀씨는 백 리 길을 날아
괴산으로 귀농한 친구네 텃밭에 착륙했고
도꼬마리 바늘 씨앗은
숲해설가 박 선생 바짓단에 덤으로 붙어
개가시나무숲을 걷다가
유명산 새 이웃을 만났다
텃새의 배설물에 섞여 추락하다
간신히 살아남은 겨우살이 씨앗은
5층 빌라보다도 높은
덕유산 참나무 가지에
기둥 올리고 지붕 덮을 참이다
물안개 몽롱한 기억 속 갈대 씨앗도
두물머리 강변에 터를 잡았다
물살이 건네주고
바람이 실어다 주는 그 자리서
뿌리내리고 꽃피우며
씨앗들은 둥글게 한 살림 잘 차려 내고 있다

푸른 피

단칼에 목 부러진 개망초 꽃무덤에
푸른 피 흥건하다
지난 봄날 갓난 이파리 몇 장 달고
뿌리째 뽑혀 나오기 직전
겨우겨우 살아남은 개망초
여름내 타는 갈증 드센 비바람 견디며
계란꽃 둥실둥실 잘도 피워 올렸다
묵정밭을 꽃바다로 만들고
나비와 벌 불러 가면서
탱시글탱시글 잘도 익어 가는가 했는데
난데없는 은빛 쇳소리에 받혀
푸른 피 왈칵 쏟는다

굴착기 들이닥치고
레미콘 드나들기 시작하면
푸른 피의 기억은 잊혀지고
새들한 주검의 그림자까지
까맣게 지워질 참이다
코로나 백신이라는 칼날에 어이없이

세상을 뜬 어린 꽃송이,
영정사진 속에서
개망초처럼 푸른 피를 토하고 있다

노랑망태버섯

금빛 망사드레스 입고
오직 한 사람을 위해 춤을 춘다
두루미 발끝으로
벌레 먹은 나뭇잎 사이로
햇살비 쏟아붓기 시작하면
이슬 젖은 발목은 마법에 걸려
춤은 미완성으로 끝난다
언제나 극치는 찰나에 다녀가는 거
짧은 사랑 접을지라도
뒷모습까지 보여 주고 싶진 않다
마지막을 지켜보는 눈이 있어
짜릿하고도 가슴 멍한 새벽
그렇게 한 생이 한소끔 다녀간다

풍경에 빠지다

장날, 골동품 좌판의 처마 종에 꽂혔다
무겁고 투박한 방짜 유기
맑은 소리만큼은 반전 매력이다
길에서 만난 친구 집으로 데려오듯
장바구니에 담아 와
바람의 길목에 풍경을 달았다
야윈 금붕어 한 마리, 강물인 줄 알고
허공을 헤엄칠 때마다
바람을 메아리로 그러모아
뎅그렁뎅그렁, 몸으로 노랠 부른다
바람 부는 날은 그에게도 장날이다
바람의 길 여닫고
푸른 새벽 불러오는 처마 종
파수꾼처럼 빈집 지키다가
서둘러 저녁을 데려오더니
오늘 우리 집 풍경
앞산으로 마실 갔나 보다

넝쿨 벽

돌담에 푸른 벽이 생겼다
사금파리 조각 이리저리 튕겨 가며
움직이는 선을 따라 그어 집을 넓히는
땅따먹기 놀이처럼
아이비 넝쿨의 벽 다툼 때문이다
자기 영역을 넓혀 가는 넝쿨의 촉수가
암벽을 타는 사내들 손끝처럼 앙바트다

간섭치 않으면 온통 즈이들 세상이어서
죽기 살기로 남은 벽 먼저 차지하려는
넝쿨 싸움, 한 여름엔 하늘을 찌른다
줄기 사이 얽히고설킨 잡음은
월드컵 축구장만큼이나 시끌벅적해서
축구 심판의 옐로카드 대신
전지가위 들고 반칙을 가려야 한다
며칠 지나면 언제 그랬느냐는 둥
머리끄덩이 잡고 맞짱 뜨던
일곱 살 적 옥기와 ·길순이처럼
엎치락뒤치락 또 엉겨 붙어 있을 거다

뿌리의 여정

땅속에도 부동산 투기시장이 열린다
땅따먹기한다고 굵어진 팔다리로
얽히고설킨 막장에서
가로등 신호등은 가당찮고
내비게이션 없어도
없는 길 만들어 가며 잘도 달린다
까막눈으로 달리고 달리다 보면
찬 바람 불고 봄눈 내리는
어느 막다른 길목에 맞닿을 거라고
그쯤에서 유턴하고
옆 골목으로 우회전한다면
'봄'이라는 목적지에 이를 거라고
혼자 중얼거린다
차갑고 어두운 땅속을 견디며
은밀하게 달려온 힘으로
봄볕 아래서 결승 테이프 끊은 널
뒤집어쓴 흙먼지 털어 주며
연둣빛 현수막 걸고, 격한 허그로 환영한다

봉지꽃

장호원 가는 길모퉁이 과수원
텅 빈 복숭아 나뭇가지마다
때아닌 꽃들이 피었어요
꽃잎에 바람 부스러지는 소리
어째 수상혀요
'바스락바스락'

작은 아씨 부끄러운 뺨
한여름 땡볕에 그을릴까
날것들에 물릴까
돌담길 돌던 조선 아낙의 장옷처럼
애써 가려 주고 감춰 주더니

큰 딸내미 시집보내며
잠 못 이루는 친정 올케처럼
이 겨울, 작은 바람에도
자꾸 부스럭거리며
떠나간 여름 아씨를 찾고 있어요

하우스 하우스

밥상머리 리더, 탄수화물 밀려나자
대대리 넓은 논엔 하얀 파도가 일렁인다
굴러 들어온 돌이 박힌 돌 빼버리듯, 하우스엔
벼 대신, 계절 아랑곳하지 않는 식물들
특수작물이란 이름표 달고 터 잡는다
그곳에서 제철 모르고 뿌리내린 초록이들
열병하는 군인들처럼 줄 맞추어 빼곡하다

다 자란 상추 쑥갓 치커리는
베트남 여인 손에 뽑혀 상자에 담겨
트럭 타고 가락시장으로 떠난다
몇 달 동안 그들의 발목 붙들고 있던 흙은
또다시 새로운 인연을 운명처럼 품을 것이다
계절을 당겨 태어날 초록이들은
기계영농으로 휑한 하우스에서
꼬물꼬물, 사람의 손길 모르고도 잘 살 것이다

거리 두기

논두렁 걷다가 두어 발 앞선
푸드덕 소리에 걸음을 닫는다
저만치 물기 즈분즈분한 논바닥에서
재두루미 가족 낟알 찾기 한창이다가
나와의 거리가 가까워진 만큼
딱 그만큼만, 날아오르다 내려앉기를 반복한다
자로 잰 듯한 거리 두기는
코로나 확진자보다 정확하다
쫓아갈래야 갈 수도 없는데
날개라도 달린 줄 아는 건지
게임이라도 한판 뜨자는 건지
발자국에 대한 경계가 팽팽하다
논바닥에 머릴 박고도
촉각은 내 발끝을 겨냥하고 있다
피해 의식에 중독된 날것들의
생존 방법이 사뭇 안쓰럽다
나는 그저 산책하는 것뿐이고,
느이들을 프레임에 담고 싶어서라고
사인을 날려도 곁을 안 주고

무거운 날개를 폈다 접었다 한다
즐거운 나의 산책 시간이
그들의 불편한 식사 시간이 되고 만 셈이다
사람들 가까이 살면서도
어쩌다 생긴 불신의 벽 때문에
오늘도 내 폰엔 두루미들의 반쪽 샷뿐이다

오케스트라가 열리는 시인의 마당

이병화 시인이 노래하는 대상은 나날의 도시 생활이 아닙니다. 시인은 계절의 변화에 순응하며 살아가는 제비꽃, 쑥부쟁이 곁에서 자연의 아름다움과 경이감을 씨앗으로 뿌리고 거들면서 살아갑니다.

몇 해 전 시인은 도시 생활을 떠나 이천의 대대리 숲으로 돌아갔습니다. 이제는 야생화들과 시적 교감을 시도하면서 자연의 아름다움을 재발견하고 있습니다. 시는 시인의 내면화된 행동이라는 점에서, 시인의 내면을 지배하는 주요 요소는 자연과 생명에 대한 성찰입니다. 바로 자연과 생명 예찬, 이것이 시인이 구축하고 있는 시 세계의 중요한 출발점입니다.

그동안 우리 현대시는 자연으로부터 인간 사회로 시선을 바꾸어 왔습니다. 또한, 시의 대상과의 서정적 융합을 노래하는 순간에도 그곳에 현실 세계와의 어떤 불화, 부조화의 계기가 내포되어 있습니다. 그만큼 시인들에게 자연은 소중한 재료들이고 인식의 자산입니다. 예컨대 시인의 작품

집에서 시인에게 선택된 자연 대상은 시대 인식의 반영이며, 시인의 세계관이 투사된 현장입니다.

많은 작품 중에서 「로드 킬」은 경쟁사회에서 인생의 방향과 속도를 돌아보게 하는 소품입니다. 자연과 생명을 노래하는 시인의 시선에서 자동차 바퀴에 치여 숨을 거둔 고양이 한 마리가 우리에게 날카로운 처방전을 던져줍니다.

　　자유로에
　　널따랗게 펼쳐 놓은
　　검은 캔버스에
　　고양이 한 마리 납작 접혀 있다

　　방금 누군가
　　쏜살같이 덧칠해 놓은
　　정물화 한 점

　　　　　　　　　　　　　　　—「로드 킬」전문

우리에게 단순한 바쁨을 경계하고, 삶의 속도를 늦추면서 여유로움을 통해 인생의 방향과 속도를 돌아보게 합니다. 그리고 무언가 벗어 놓거나 등에 얹혀 있는 짐을 당장 내려놓아야겠다는 열망이 육체의 안쪽에서 새어 나올 것만 같습니다. 이 순간 누군가는 자유로를 빛의 속도로 달리거나, 고비사막의 가파른 노정을 가로지르고 있는지 모르겠습니다. 그런 의미에서 「로드 킬」은 군더더기 한 점 없고

담백한 표현력까지 돋보이는 수작입니다.

이처럼 시인의 시는 정겹고 다사롭습니다. 그것의 바탕에는 나무와 풀꽃 앞에서 한발 물러설 줄 알고, 한 걸음 더 양보하려는 자연 친화와 유대 의식입니다. 인간은 자연의 한 부스러기에 불과한 존재이기에, 한없이 나약한 존재입니다. 시를 쓰는 사람들은 모퉁이의 풀꽃 앞에서도 흔들리는 자들입니다. 이들은 타자를 침범하지 않고, 시인의 역할에 참여하고 동조하려는 성숙한 공동체 의식을 가진 자들입니다.

이른바 타자에 대한 지극한 배려는 자기희생을 전제하는 것입니다. 이병화 시인은 나무와 풀꽃들을 위해 도시 생활이라는 무거운 짐을 버렸습니다. 마치 벼랑에 선 순례자가 무거운 등짐을 버리고 거친 바람에 가벼운 몸을 맡기듯 말입니다.

이병화 시인이 일구어 가는 시의 화단에는 주인공이 따로 없고 조연이 따로 없습니다. 야생화들의 자리 다툼과 시기 질투가 없으므로, 나란히 어깨를 걸고 뿌리 내리면서 햇살과 바람이 이끄는 대로 돌아눕고 일어서면서 정겨운 하모니가 됩니다. 맨드라미, 봉숭아꽃은 악기가 되고, 뜰을 지나는 햇살이나 구름은 관객이며, 지휘자는 이병화 시인입니다. 이처럼 시인의 마당에는 철마다 오케스트라가 열립니다.

이병화 시인의 두 번째 시집 『나는 명태입니다』 발간을 축하드립니다.

나정호(시인·극작가)